谨以此书敬献

我的父亲陈玉民、母亲齐秀莲

恩师刘希圣教授

董英辅教授

以及所有为十年《清烟》风雨历程

予以关心和支持的

亲人、朋友和同仁们

陈小迪

2018.12.18

清烟

陈小通 著

中国建材工业出版社

图书在版编目（CIP）数据

清烟 / 陈小通著．-- 北京：中国建材工业出版社，2019.1

ISBN 978-7-5160-2493-5

Ⅰ．①清…　Ⅱ．①陈…　Ⅲ．①诗集—中国—当代 ②散文集—中国—当代　Ⅳ．① I217.2

中国版本图书馆 CIP 数据核字（2018）第 290445 号

清烟

陈小通　著

出版发行：中国建材工业出版社

地　　址：北京市海淀区三里河路 1 号

邮政编码：100044

经　　销：全国各地新华书店

印　　刷：北京天恒嘉业印刷有限公司

开　　本：710mm×1000mm　1/16

印　　张：7.25

字　　数：20 千字

版　　次：2019 年 1 月第 1 版

印　　次：2019 年 1 月第 1 次

定　　价：58.00 元

本社网址：www.jccbs.com，微信公众号：zgjcgycbs

请选用正版图书，采购、销售盗版图书属违法行为

举报信箱：zhangjie@tiantailaw.com　举报电话：（010）68343948

本书如有印装质量问题，由我社市场营销部负责调换，联系电话：（010）88386906

目　录

2012 年

2013 年

2014 年

2015 年

2016 年

2017 年

2018 年

白云深处

东厢房里的琴声，
穿过十二年前的十指，
邱道长，你在哪里？

有朋自远方来，
远方在哪里？
孟夫子，董先生，……
可你不是，你是
长春子，
跋山涉水，西游万里，
春意何所期？

檀香，深邃，静谧，
在千年的时光里，
坐看云起。

坐看众神，
走向春天，
风和日丽。

2008 年 1 月 3 日，出差归来，陪母亲游白云观。

1 月 3 日

纪念

少年，

拉着碾子，

看秸杆，

在麦场翻飞。

麦田里，

白鸽羽翼低垂。

庄稼已收割，

庄稼已收割。

母亲端坐地头，眼含热泪，

远方的火，在麦田深处升腾。

母亲端坐地头，细细数着，

天使慢慢走来，微笑徐徐绽开。

母亲端坐田间，艳阳高照，

滴水不沾，遥望烈焰与悲壮。

利剑刺破长空，

母亲一尘不染。

谁把盒子打开？

谁把雨伞撑起？

谁把血迹擦干，留下记忆？

谁又把记忆沉封在海底？

谁把双手合十，沉重地叹息？

清烟

谁把青春，锁进皱纹里？

谁把豪情，深埋土地？

谁在呼唤母亲？

谁在寻找未来？

谁在涅槃中重生？

谁在长卷上拂去尘埃？

紫霞悬挂天际，阳台上，

万年青，枝繁叶茂，

岁岁颔首，

倾听母亲优雅的夜歌……

纪念 20 世纪 80 年代最后一个麦收时节。

6 月 5 日

归去来兮

静坐冬风，
数月桂树上的星辰，
数风有万缕，
心无一物。

天井的梧桐，
遥望苍穹，
父亲沾满泥土的手，
穿过，布满皱纹的树桠。
归来吧，归来，
母亲的簸箕，
颠着灿灿豆粒，
颠着天下太平，吉祥如意。
归来吧，归来，
我用耳朵，倾听整个大地。

出差途中路过潍坊，回老家一趟，夜宿祖屋，记之。

12月26日

岁月

我们托起年轮，
年轮碾过土地的肌肤。
车辙覆盖着车辙，
车辙的这头是你，
那头，是黄昏和早晨……

早晨穿过我们的额头，
额头上生满秋天的花朵。
额头笑过春花冬雪，
额头唱着子孙的歌。

兄弟姊妹，
兄弟姊妹，
酒杯，
酒杯……

划破童年的嘴唇，
青春和白发歃血为盟，
我们的十指，
深入土地，
土地捧起袅袅炊烟。

村庄，

清 烟

麦场，

校舍，

书包，

都在树梢，

望着先生，

望着讲台，

望着一支粉笔，

等着我，等着你……

出差山东，恰逢初中同学20周年聚会，以诗记之。

1月2日

回北京

熊熊炉火蘸血淬炼，
精光永驻倚天神剑。
轻拈苦难之花，
化为春光无限。
夏日疾风助推梦想，
绿云堆染飞过眼帘。
远望绵延雄燕，
喜看慧蝶破茧。
军都依旧书声依然，
易水沧沧壮志不减。
今夜举樽向月，
明朝快马加鞭。
苍茫寰宇天道永，
万方葱茏贺大千！

高密项目历经千辛万苦，终于移交。回京路上，看高速公路春节后光秃秃的树，变成了葱茏的层林，从春天到夏天连续几个月驻在高密没有返京，此时仿佛浴火重生，书诗一首记之。

7月19日

大上海

青浦秋风带过五载梦想，
外滩夏夜浮着十年笑声朗朗。
如今驻足，
陆家嘴金光万丈。
江水绵绵，
艳阳涤荡，
深呼吸，
吐纳瑰丽东方。

南京路，
那方天下苏绣，滑过指尖，手有余香。
城隍庙，那块儿华夏桂糕，海派文蕴，曼舞轻扬。

今日只有艳阳，
外滩的夜，
是否还是那年的模样。
站在长江口，
看大地飞翔，
飞翔，
飞翔，
飞翔。

7 月 31 日

大柳树

草原上的大柳树，
每日弹奏神圣的乐曲。
六月的阳光，
风和沙，
雨和露，
还有牧马与晚霞的窃窃私语。

母亲的大柳树，
清辉里与桂香同舞，
桂香里的长调，
是金秋干净的祝福。

我的大柳树，
深恋着碧草，蓝天，热土。

清晨我醒来，
背靠着白云下的大柳树。

出差内蒙，以诗记之。

9 月 7 日

捞月

静止不动，
与水中明月对视。

眼神一眨，
脑袋一歪，
串一串童话，
一串一串串下来。
你说，
你捞的不是月亮，
是执着。

仲尼家的宠物，
仰望高山，
焚香朝拜……

9 月 15 日

北戴河的沙滩

海风穿过童年的世界，
海风骑着早晨的马，
细数碧波荡漾，
细数恒河之沙。

闭上眼睛，看掌中乾坤，
数一数，画一画，
炊烟袅袅，一生牵挂。

秋日渲染正午，
十二颗珍珠，
在戴河的沉醉里，
轻歌曼舞。

那捧沙，
那块卵石，
那条一晃而过的鱼，
望着古老渔船，
望成石老人，
编织秦皇岛外，
片片风帆。

3月28日

游永祚禅寺

立马晋中，
抚摸春光。
祥云飞过，
千万双合十的手掌。
轻轻诉说，
塔檐风铃清净。

大明牡丹，
百万朵，
徐徐绽放。

在智慧的灯影里，
我们拾级而上。
每一方青砖，
都颔首微笑，
希望的十指，
轻弹沧桑。

在汾酒的曲香里，
忘却禅机，
醉卧太行。

出差山西，技术交流之余，永祚寺一游。

4月7日

站在咸阳的土地上

凌晨的月影拍打星光，
初夏的清风晃动空港。
睡梦中睁眼仰望，
我站在两千年前的土地上。

站在咸阳的土地上，
摸不到历史，闻不到书香，
只一帧电子纸铺开的照片，
在子夜的寂静中闪闪发光。
站在咸阳的土地上，
满头白布下娃儿的眼神，
装满一整个世界的哀伤！
在万众窃窃私语中，
穿越是泪水，不再是时尚。

站在咸阳的土地上，
他们说西咸一体无限风光，
我忘情抚摸，
摸不到大汉盛唐，
摸不到西岐故乡。

摸一摸，望一望，
千里关中，一袭白裳。
我站在咸阳的土地上。

6月4日

自种小园

夏长青青苗，
秋成硕硕瓜。
来年春光里，
更赏满园花。

9月15日

过三元桥人行道

经历所能经历的，
便在初冬，
从容飘落大地。

来年春天，
新芽满枝，
可知曾经，
从容中的沧桑，
绚丽中的悲壮。

11 月 11 日

立春，游云海

万里云涛一逍遥，
春立天下气自高。
欲邀群龙就中舞，
遍洒甘露润九霄。

公司历经五年多的成长，终于踏上快速发展的轨道，面临新形势，最紧缺的是人才。立春日乘机赴湘，开启发掘人才之旅。透过机窗，望云海涌动，心潮起伏，赋诗一首记之。

2月5日

黄骅之夜

马儿轻轻呼吸，
在我半梦半醒里，
头枕涛声，
细浪洗濯，
千顷枣园。

香甜，悠远，
是唐是汉，
是早春的皮鞭。

长天银河，星月相约。
千帆，点点，
天使之翼，
抚过脸颊，
抚过，
千顷枣园。

在这静夜，
忆那涛声。
更有，彼岸，
春曲惺惺。

回京之夜，夜宿黄骅服务区车上，记之。

2月23日

二月初二

金灿灿的豆粒儿，
浸满母亲的梦想，
告别正月，张开翅膀。
每年，
母亲都微笑着，
站在，
心头的村庄。

撒正月的柴灰，
在天井的土地，
母亲牵我的小手，
走过童年，
走过，
一地粮食。

今日春风，
又绿故堤，
早晨，
谁开启故乡的门，
看鸿雁，
翔于天际。

当年公司快速发展，在河北沙河市共承建14条玻璃生产线的脱硫脱硝除尘工程，元宵节前直至当年冬天，三分之二时间在沙河，当年二月初二，在沙河念及故乡习俗，遂写此诗记之。

3月2日

夜宿青州

大禹划九州，

今夜宿其一。

金石铭清照，

梦赴范公期。

4月1日

近清明

偶得浮生半日闲，
拾级云门访陈抟。
东望故堤情切切，
半山晓雾思绵绵。
四十风雨承俎豆，
一片丹心赋济元。
他年东归何处去，
朝经暮史两亩田。

4 月 1 日

登千佛山

云开雨霁曲径深，

一山禅韵化为春。

今临古寺寻真意，

万佛同证不二根。

4 月 17 日

江南行

朝辞淮阳，
晨风拽我衣裳，
我还来呢，
还有一百个微笑，
在拈花的江上。

你送我春风，
金石雅音，
穿越十指，
抚过，竹西淮左。

瘦吗，瘦出一地诗画，
细雨喃喃，
融了，化了，
那话里有铁骨哩，
可道，可法。

还是双手执礼，
夫子慈眉，欲语。

我是朋友，自远方来，
乐乎，不亦乐乎，
听龙吟虎啸，且击大鼓。

出差江苏扬州仪征，夜游瘦西湖，次日又至南京，游秦淮河、夫子庙，庙内有击鼓之戏。小诗一首记之。

4 月 20 日

回京赴约过东营黄河大桥

金练铺陈天地间，

每过鲁北望大川。

今乘玉龙彩云会，

杯中日月壶中天。

5 月 15 日

周末公司待客偶占

园区新雨后，

会友正其时。

明前碧芽嫩，

对坐一盘棋。

5 月 24 日

近乡

夜，

黄河，

远方的灯。

未闻涛声，

只见，

满天星斗。

等我呢，

家乡的麦田，

由青泛黄的日子。

土地和麦芒的香，

走过心坎，

坌上小溪。

镰刀唰唰，

刃上，

打磨国风。

5 月 25 日

端午节归国

他乡风景好，

故园粽叶香。

乡童嘻嘻时，

慈母艾悬窗。

今驭长风归，

挥手大汉江。

6 月 1 日

观钱塘江

一望钱塘天含水，
临江听涛不思归。
待到江南八月中，
再览大潮拍岸飞。

二〇一四年六月，公司承建的中石化巴陵恒逸烟气治理项目投运，到浙江萧山临江工业园项目现场考察运行情况，现场距钱塘江仅几公里路程，遂至江边一览胜境，赋诗记之。

6月29日

秦皇求仙入海处

从咸阳到东海，
两千年的路，
你，风尘仆仆。

秋风吹过，
七国版图，
吹过两鬓斑白，
一蓑烟雨。

谁说你文采略输，
分明你在，
栈桥上，
与天地下棋，
和命运对赌，
还有笔墨千顷，
风帆荡荡，五百童男童女。

梦与浪潮，
奏黄钟，歌大吕，
掀起金沙无数。

在冬日，
烈风拂面，碧水濯足，

清烟

在母亲讲过的故事里，

触摸你的剑鞘，

和。

剑刃上的孤独。

海天一色，

浪花飞舞。

12月14日

登泰山

欲览胜境早登攀，

一观日出云海间。

今去京华八百里，

回望岱岳气连天。

2 月 23 日

夜登泰山过壶天阁

竹杖扣松径，

壶天闻鸡鸣。

诗意何需寻，

心清境自成。

2 月 23 日

湘行吟

那年橘子洲头，
一览天地风光。
韶乐绕梁千载，
楚才于斯为盛。
又见湘江浪涌，
复闻岳麓书香。
今夜明城之榻，
重阅太祖书章。
只争人间朝夕，
莫叹世事沧桑！

2015 年 7 月 29 日至 30 日，玻璃行业节能减排大会在湖南长沙召开，夜宿明城酒店，思及近几年几次长沙之行，橘子洲头、岳麓书院，等等，不胜感慨，记之。

7 月 29 日

辞京行

挥手别西山，
西山知我意。
赠我西北风，
助我东南事。
不为东隅悲，
不做川上泣。
待到重归时，
飒爽金秋至。

8月5日

过永年县

清露润蝉鸣，
念念太极情。
还我少年愿，
日暮访古城。
停车七尺巷，
气和化心平。
大师今安在，
明日又东行。

8 月 26 日

近仲秋念山东河北兄弟

硕果立高枝，
微雨戏秋池。
壮士千里外，
策马正奋蹄。
已备五粮酿，
又订满汉席。
相携凯旋日，
共赏明月时。

是年临近中秋，山东河北几个较大项目正值抢工期时间，在京念及项目上诸同事，做此诗以记之。

9月10日

茌平仲秋

去年仲秋夜，
奋战在沙河。
今朝月又圆，
老牛开新辙。

9 月 27 日

无题

前年栽桂树，
今秋开桂花。
花香知我意，
随风入我家。

10 月 1 日

晨登阳台山

清晨登大山，
山在天地间。
阿黄意悠闲，
灰鹊舞翩翩。
昨日心中事，
放眼全忘然。

10 月 30 日

包头行

黄河渡口二里半，
青春老友再相见。
稍麦香远砖茶浓，
书中故事多变幻。
对坐同参阳明道，
何知何行成一贯？
杯中才生南山意，
轻车已过乔家院。
相约来年七月中，
碧草连天花烂漫。

11 月 4 日

冬日拂晓登阳台山

大风吹散一天霾，
月伴星随登阳台。
竹杖青阶余音去，
妙峰玉树禅意来。
金山寺前清泉澈，
凤凰岭上祥云白。
山间小筑回首望，
霞光万丈入我怀。

12 月 15 日

梦恩师

老师摇着桨，
载着星星和月亮，
载着哗哗的水声，
载着一天的霞光。

白洋淀里有鱼，
白洋淀里有虾，
白洋淀里有蒲草，
白洋淀里有荷花。

一群望归鸟，
唧唧又喳喳，
清清流水濯细羽，
芦苇荡里安个家。

至我绿洲，
衣我华裳，
掬我清露，
闻我艾香。

出差巨野，夜梦与恩师董英辅划船同游白洋淀，景色秀美怡人，醒后记之。

6月7日

赠同仁

访道碣石望大千，

同袍同息同苦甘。

临别相约轮台月，

此去山海又一关。

2016年7月至秦皇岛昌黎县看望秦皇岛索坤玻璃集团烟气治理工程建设项目同仁，诗以赠之。

7月16日

寻汤泉古寺不见

泉流法海时，翠映灵峰处。
烽火台前歌，汤河水畔句。
曾缘一语惊，又因慧者悟。
驻足闻鹤鸣，全忘来时路。

丙申七月十九日，时在昌黎，得一时闲暇，至抚宁温泉堡访汤泉古寺旧迹，未得。忆廿年前于此初闻天人整体论及当时如盛唐万人水陆法会之盛况，又忆彼时登山揽胜、峰火怀幽、汤河漫步之景，不胜感慨，遂赋诗一首。

8 月 25 日

悼先师

送您走上，

铺满鲜花的路。

送您，

在九月初九，

送您，踏上九重阳气。

去，

远游。

早上，

自太仪殿，

驾上神驹，

车畔有凤鸟相伴，

那医巫闾山边，

傍晚，

有众神相迎。

2017年10月7日，正在山东东营朕盛碳素项目参与调试，惊闻恩师刘希圣先生仙逝，遂回京做最后一别，以记之。

10月9日

姥姥

四十年前，
我偎在你的怀抱，
月亮正圆，
怀抱正暖。

三十年前，
为我买的新衣，
口袋里还藏有，
几块零花钱。

二十年前，
居庸关上的笑容，
让我一生，
少了一件遗憾。

十年前的元宵烟火，
映红整个村落，
你在村口回望，
是等待曾经怀中的孩子吗？
回望，
回望，
回望，
回望中走向大地，走向春天。

你转着纺车拽着纺线的手，

清烟

你拉着风箱烧着柴火的手，
你持镰荷锄的手，
你抱子携孙的手，
你牵着我的小手的手，
穿过四季，
穿过白发青丝，
穿过我的额头。
额头上的庄稼啊，从春到秋，
撑开四肢百骸，
扎根炊烟起处，
炊烟起处，鹤舞绿洲。

千鹤起舞的时候，
春风中，你再次回首。

从此，
一别十年，一别一生，
每年春风起时，
凤凰衔着火种，穿过绿洲，
引燃村庄里的那盏，
千年神灯。

你可看见，
灯下曾经的少年，
泪光盈盈，
手捧春秋。

2月14日

访山东硅酸盐协会王均光先生回京途中做

壶边尽是小炉火，
杯里全为琉璃缘。
诗书一卷谈笑中，
京鲁千里半日还。

3 月 23 日

出差途中念“人”字

山东河北广东，
一路忙忙匆匆，
有时也想歇歇，
无奈江湖之中。
为了写这两画，
常念东隅之东。

7月4日

兴义行

万峰成林，

青柚青青。

烟雨霏霏，

润物无声。

去岁轮台梦，

化作西北一天星。

今朝兴义又筑基，

万里苗疆沐和风。

写在贵州燃二玻璃公司环保项目启动日。

7 月 20 日

过秦长城

路过，
秦长城。

蒙恬，
路边的羊倌，
哼着的，
是两千年前你的调调儿？

我和他谈谈天，
耍耍他的皮鞭。

8 月 11 日

北戴河观日出

承压三五日，
又过一大关。
可放心头事，
晨观海连天。
祥波伴渔船，
帆作魏武鞭。
红日跃跃起，
我亦同此欢。

8 月 25 日

游白云观

天下大事，

无如生死。

弦下有因，

曲中有意。

十指连心，

以心驭气。

物我两忘，

白衣道士。

9月3日

过禹王庙

黄河龙门之右，

大禹庙宇之中。

敬燃明香三柱，

缅怀禹王圣功。

10 月 3 日

夜游金沙江

每过黄河，
总是驻足。
今夜，
金沙江畔，
黄沙更黄，
洗不清的，
罢了，
西来东去，天地一壶。
想起五月渡泸，
看三江汇处，
云水激荡，
淘尽魏晋风骨。
今夜，故乡那条小河，
应是，月光起浮。
妈妈在桥头，教我读，
明月，沟渠。
我摇动木浆，
沿河而上，
驶入天湖。

11 月 3 日

登阳台山

月映凤凰岭，日出阳台山。
日月同辉处，鸟鸣丛林间。
气清精神爽，心诚天地宽。
不畏年华去，群英绘巨篇。

公司事务缠身，近半年没有登阳台山了，今日登临，夏日绿意丝毫不见，冬风凛凛，叹岁月更叠。但明月朝阳之美同现，却又别是一番风光，遂记之。

12 月 4 日

故乡的夜

祖屋，
少年时睡过的床，
教我画卦诵歌的恩师。

夏夜繁星，
冬雪炉火，
飞过昌潍平原，
飞过，
父亲的眼睛，
都在今夜。

与谁，
把酒临风？

12 月 22 日

元旦登阳台山

月栖凤凰岭，

日出阳台山。

去岁自兹去，

今朝启新篇。

大哉乾元颂，

物苏天地间。

诸君同奋斗，

路广事业宽。

1 月 1 日

宜良行

六日又六夜，未分晦与明。

别合肥大雪，辞京华冬风。

丑时入滇中，腰酸复背痛。

幸宜良风光，可怡养性情。

高原相叙欢，为赋《清烟》行。

1月7日

南粤行

尚恋沐风昆明，又共论道金晶。

匆匆一揖别了，深夜再至羊城。

明朝三水肇庆，还需星月兼程。

趁着年华未老，开心做点事情。

1 月 11 日

佛山行

三江汇南海，

观音诞西樵。

骄阳舞粤风，

一帆正起锚。

5 月 20 日

辞京华

南飞已将学业负，

东望病榻心徘徊。

莫为忠孝空垂泪，

蔷薇花开好归来。

5 月 26 日

醴陵行

皖鄂湘省一日走过，
大雨滂沱单身穿越。
马不停蹄连轴工作，
深夜歇歇醴陵赏月。

6 月 28 日

六安行

北京站，
建筑艺术的经典。
绿皮车，
触摸历史的夜晚。

杜牧的二十四桥，
我轻轻走过，
二十四年，
今夜我们穿过。

蒹葭苍苍，
荷叶田田，
灵台昭昭，
青山连绵。

在七月的早晨，
描摹，
徽派江南。

7 月 28 日

二叔

走过百草丛生的河岸，
夏虫清唱，声声眷恋，
在夸父的车仗中，
青烟挽着烈焰。

那些早晨，那些夜晚，
那些模模糊糊的童年，
那方石磨，转了一圈又一圈。

你还在那里，推着小车，
车上有米，车上有面，
这么多年，我听得懂，你看得见。

那日春花，开满庭院，
那日晴空，五彩云现。
那个听风的日子，
我捧起泥土，
在这傍着小村的河岸，
栽下香草，千里清香弥漫。

你在弥漫的清香里，
笑容满面。

8月7日

福建仙游访日晶

为赴林公约，

枫亭会九仙。

赏花木兰溪，

听涛湄洲湾。

秋风每多事，

步履天地间。

抛却凡夫念，

提笔赋《清烟》。

9 月 7 日

访旗滨夜游太湖

秋雨夜，

太湖边，

江南一壶酒，

心海波浪翻。

莫问明朝身何处，

此心同化天地间。

9 月 20 日

出差莱芜午间小憩莲花山下

鲁中秋色正当时，

湖光山影两相宜。

三个仙人画中坐，

未闻酒香已入迷。

10 月 23 日

重游兴义

驻足马岭河，
放眼黔西南。
万峰成林处，
匆匆又一年。

10 月 25 日

登西樵山

西樵山上风光好，

一濯龙泉俗尘了。

天湖映心心方在，

慈航音里众山小。

11 月 11 日

很久

我已远离泥土很久，
我已远离庄稼很久，
我已远离爹娘很久。

很久，

很久之前塘湾伴着芦苇，
很久之前炊烟挽着夕阳，
很久之前啊，
集市上的叫卖，挑拣瓜果蔬菜五谷杂粮。

我已远离冰雪很久，
我已远离棉袄很久，
我已远离炉火很久。

很久，很久，

很久之前大地数着星星，
很久之前月光画着树影，
很久之前啊，
晨曦里的皮鞭，驱着牛马骡驴春夏秋冬。

很久，很久，
回望来时的千里万里，
沃野盈盈，鲜花满枝。

12 月 10 日

走过母亲河

走过，春夏秋冬，
走过，东西南北，
走过，风霜雨雪，
走过，一个轮回的相约，
走过，又是一年的年末。
在湛蓝的回忆与憧憬里，
又走过，我敬畏的母亲河。

这一年多少相聚，
这一年又多少离别？

在聚少离多的日子，
你静静地守候旷野，
旷野有好汉，歌声响彻，
旷野变幻，一年的季节。

在季节的变幻里，
我俯首亲吻，我的母亲河。

12 月 18 日

十年

——为北京济元紫能环境工程有限公司成立十周年做

十年，
本该将大坛酒与你对饮。
在早晨，
在太阳的万丈霞光里，
把琼浆撒成漫天珠雨，
飞散于银河。

可我不能啊！
今天，我们一起，
在烈火中沐浴，
你笑容中的那些年轮，
正梳理淬火的歌与舞。

一丁点儿一丁点儿的角落里，
种子与泥土相依，
我和种子，
相依。

十年，
一路跋涉，
穿过鲁班的刀与锯，

穿过千绳万索，
在千锤百炼的永生里，
将火把和旗帜，
高高举起。

我许你以赤诚，你让我读天命，

棠棣之花，面对大河，
今夜击节而歌。

那白浪丽水，潍河蛙声，
五里桥畔七日共夜的香火。

那钱塘江涌，扬州三月花秀，
乌兰察布的冰天雪地，相伴烈酒。

那沙河梦，那玻璃情，
秦王湖畔，也曾目眺秋风。

东临碣石，叩昌黎故纸，
回望山海，为有明月映轮台。
在西北的风雪里，
向阳而生，那朵雪莲好美。

那楚雄夜歌，孔雀，还有葫芦丝声，
相依在千峰万峰，黔西苗岭。

清烟

那凌海故事，芦花万亩，
摇曳你的花裙。
花裙搭着夸父的神杖，
迎风飞舞。

十年，
我们一起诵读，
十年，
我们今夜，
不喜，不忧，不悲，不语，
十年，
紧紧鞋带，亲亲泥土。

明天的明天，
我们向海而居，
带着那年的风筝，
看，一个期许，
接着一个期许。
那夏风，
放肆海滩远处的远处。
一群少年，
十面大鼓，
一个声音，
在鼓声深处的深处。

附

“环保管家”初长成

——记北京济元紫能环境工程有限公司总裁陈小通

很多人都问过他，作为国内法学院校最高学府中国政法大学的毕业生，为什么不选择有稳定收入的公检法、律师等行业，而是选择创办颇具风险的民营企业？

陈小通的回答是“性格使然”。在他看来，自己从小就不是一个循规蹈矩的人。他愿意干自己认为最有意义的事情，也就是“利国利民利己”的事情，而节能环保事业恰与他的理想高度契合。

“把兴趣爱好和梦想结合在一起，这样更能激发创业热情，激发潜在的创造力。”正是在这样的满怀热情下，2008 年 6 月，陈小通创办的“北京济元紫能能源科技有限责任公司”诞生了。2016 年 2 月，公司更名为“北京济元紫能环境工程有限公司”(以下简称“济元紫能”)。

从锅炉节能改造到烟气治理

成立之初，陈小通将燃煤工业锅炉（窑炉）的节能改造作为公司的核心业务，因为这是国家“十一五”期间确定的“十大重点节能工程”之一。

“我们做这样的选择是因为这既符合国家产业政策，又有庞大的市场，能够通过节能技术服务而创造效益，企业节省下来的就是纯利润，而能否节能，关键在于技术，尤其是我们通过合同能源管理（EMC）模式的探索而深刻明白，这种模式下用能单位是零风险、零投入，那全部的压力就在我们身上，我们必须要从技术上保证能够节能才能使项目收益有所保障。”陈小通回忆说，企业成立之初那些年，公司围绕锅炉、窑炉上的节能技术的探索、研发不遗余力，其中一项技术被国务院机关事务管理局列入政府节能采购指定技术。

几年之后，雾霾频现，大气污染的问题引起了人们的广泛关注。工业窑炉的烟气治理迫在眉睫，陈小通逐渐将济元紫能的业务向环保中的大气污染治理尤其是非电领域的烟气治理倾斜。

公司因为一直与燃煤锅炉、工业窑炉打交道，从而积累了丰富的技术经验，因此在业务重点转向非电领域烟气治理后，迅速在玻璃、碳素、炭黑、钢铁、岩棉、焦化等行业建立了诸多行业标杆性烟气治理工程项目，并且大胆创新，取得多项技术突破。其中燃用石油焦粉燃料的玻璃窑炉烟气调质技术、“陶瓷纤维滤筒脱硫除尘 + 低温脱硝”技术、“JYD 纯干法脱硫除尘低温脱硝一体化”技术均为国内首创，解决了大量的实用性技术难题。如今，济元紫能作为国家高新技术企业、中关村高新技术企业，连续三年被评选为中关村高成长企业 100 强，成为园区环保企业翘楚。

济元紫能和陈小通本人在2015年参与制定了河北省燃煤电厂大气污染物排放标准，该标准获河北省科技厅2016年科技成果奖。之后又多次参与玻璃行业多个污染物排放标准的制定及作为国家生态环境部评审专家审定非电领域一些重要的行业环保标准。

玻璃窑炉脱硝难度极大，这是业界公认的，在玻璃窑炉烟气SCR脱硝方面，济元紫能经过近几年的实践与研发，烟气调制技术、高压热敏吹灰技术、高温电除尘集尘技术、低温脱硝技术均成为引领玻璃窑炉烟气治理的高新技术，推动着整个行业的创新发展。

在玻璃行业烟气治理领域，济元紫能取得了一系列成绩：

世界最大单窑玻璃生产线之一——长城玻璃8号线日熔量1300吨玻璃窑炉烟气脱硝项目；

山东巨润建材有限公司4条大型浮法玻璃生产线烟气脱硫脱硝除尘系统保运项目，创新国内浮法玻璃行业“环保管家”经营模式；

新疆阜康光耀500吨浮法玻璃生产线脱硫脱硝除尘突破性地在玻璃窑炉采用管式除雾设备取代湿式电除尘；

秦皇岛索坤玻璃3座玻璃窑炉石油焦粉燃料烟气除尘脱硝系统；

日照鼎新电子玻璃集团4座玻璃窑炉低温脱硝成功运行；

国内首个日用玻璃窑炉超低排放项目——青岛崂玻玻璃制

品有限公司脱硫脱硝除尘超低排放项目成为山东省玻璃行业超低排放标准出台后的经典示范工程；

……

如今，国内首个“纯干法陶瓷纤维滤筒脱硫除尘一体化+低温脱硝”项目——醴陵旗滨电子玻璃烟气脱硫除尘脱硝工程又开始兴建！

“环保管家”应运而生

“以前我们为企业承建烟气治理设施后，后期运营维护都由企业自己施行。因为人才、技术等方面的局限，经常会发生一些问题，维护成本比较高。”陈小通说，在用户的迫切需求之下，“环保管家”应运而生。

2016年8月4日，济元紫能与秦皇岛索坤玻璃集团签署了索坤总部北厂区三座玻璃窑炉烟气治理运营托管合同，自即日起该厂区烟气治理系统由济元紫能公司负责全天候24小时全面运营维护，为索坤厂区提供烟气治理管家式服务，为索坤生产经营提供环保保障，济元紫能“环保管家”正式落地秦皇岛。

2016年8月15日，公司的索坤环保保运部正式成立，确立了“安全、敬业、专业、团结”的济元紫能环保管家八字运营方针。

秦皇岛索坤玻璃北厂区烟气治理工程由济元紫能公司承建，该项目烟气成分复杂，处理难度极高，采用了钠碱+氨水调质、高温静电除尘调质、高压热敏吹灰调质等多项新技术，经第三方检测机构检测，各项排放指标均优于国家及河北省排放标准。

索坤集团烟气治理系统运营托管合同的签署，标志着济元紫能从单一的环境工程建设向环境服务业的发展迈出了重要一步。

一个概念从设想到实施直至成功，其中的艰辛与不易，只有亲历才能体会。

陈小通认为，“一生二,二生三”，最难的就是“一”，而也正是这个“一”，锻炼出了济元紫能的“环保管家”团队。

2016 年 12 月，秦皇岛索坤玻璃的高温静电除尘系统需要检修。6 日傍晚 18 点开始降温，00 点开始检修高温静电除尘系统，要抢在 7 日早上 6 点前检修完毕。虽然降温，但除尘器内温度仍有四五十摄氏度；虽有防护装置，但济元紫能的环保小管家们仍需二三十分钟就得出来透会儿气，而后再钻进去继续工作！

当业界还在讨论玻璃窑炉尤其是日用玻璃窑炉烟气治理难度大、技术不成熟的时候，当今最棘手的燃料——石油焦粉燃料玻璃窑炉烟气治理系统正被济元紫能的“小管家”们专业、熟练地运行、维护着。

而作为济元紫能的大管家，陈小通在那些天里，与一线同事同吃同住同工作，与业主在一起交流。他已经很久没有这样了，2011 年在山东高密、2014 年在河北沙河，曾有过长时间这样的生活，似曾相识，但却又全然不同。这期间济元紫能一步步在成长、进步、发展壮大。

如今，山东巨润建材、秦皇岛索坤玻、青岛崂玻玻璃均与济元紫能签署了“环保管家”的合约。陈小通介绍，有了济元紫能的环保管家服务后，企业完全不用再为环保设施的运行、维护等事情操心，可专注于玻璃产品本身的生产、销售等业务。

商道以“义”为先

在环保市场愈演愈烈的竞争洪流中，济元紫能注重企业文化建设，形成了自己独具特色的环保团队。其“守信、崇义、尚和”的企业文化打造了一支充满激情、活力的团队，一支睿智、热情、精干的团队。团队秉承“高调做事、低调做人”的精神，默默耕耘，埋头苦干，扎实工作。在团队里，你尊我敬，你追我赶，不知疲倦，智勇善战。这支优秀的环保团队风尘仆仆，一路走来，用顽强的毅力和专业知识，攻克一个又一个科技难关，解决一个又一个工程难题。

在陈小通看来，“守信”是济元紫能走向成功的核心理念。“守信”就是讲信用，不失信。它以诚信、信任为宗旨，诚信是基础，信任是结果。一个人只有做到诚信，才能得到信任。济元紫能要做守信的企业，以“讲信用，不失信”赢得业主的尊敬和信任。

“崇义”就是崇尚“义”文化，商道以“义”为先，这是济元紫能的商业之道。“‘义’是什么？就是勇于担当，这个事情交给我做，肯定要做好，如果做不好，我会承担相应的责任。企业、员工把责任担当起来，而且做得很出色，就是有‘义’之人。”陈小通解释。